U0110107

遊子情

陳綺◎著

序

我們的光陰在廣闊的角落裡來來回回走著
唯一遺留下的是　對生命永遠的疑惑
傾訴　聆聽　情節　總是猜不到的精彩
謝謝你　詩　願意陪我一路路的遊浪
你隔著筆和紙　如翻湧的浪潮　一波又一波
使命般地牽引我趕赴每一場戰局
當浪潮退去　我們總有著　無法完結的故事仍在繼續
曾經你我不是匆然的巧遇　這麼多年　我們相處在
無限漫漫的眞實裡　我該寫多少年　你的答案總是給的不夠
我無法全然擱下　可長可短的情感
何處是我們約定好最終的旅程　我已無方向
我的腦海一遍又一遍　一直浮現　依然新鮮的故事
是風　是水　是虹　是藍　用最原始的渴慕
我會好好收藏夢裡的故鄉　將來我會選在　離你最近的天堂落腳
我一朵朵的願望　散發著永不退去的芬香
對於我所有的放不下與未完　隨著豔陽　隨著雨絲　放縱向海角天涯
你相信我天賦的使命　讓我找不到藉口
抹去我們三生有幸的相遇

陳綺　(2008)

目次

【卷一】

遊子情

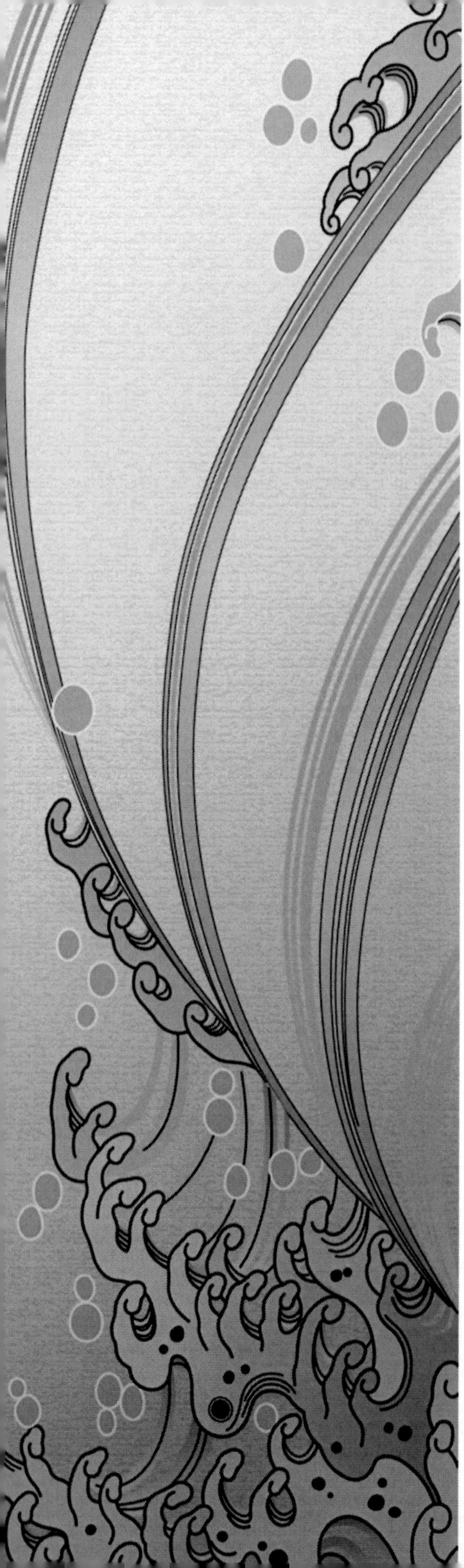

無論多少個夢寐、多少遐想的愛情、生命卻只能短暫停住

遊子情

用輕淺的文筆將思念一一解體
把傷痛交給匿藏在世界之外的依偎
蜿蜒的夢境從靈魂深處出發
呼風喚雨中碎不成形的宿命
終於說出悽絕的割痛

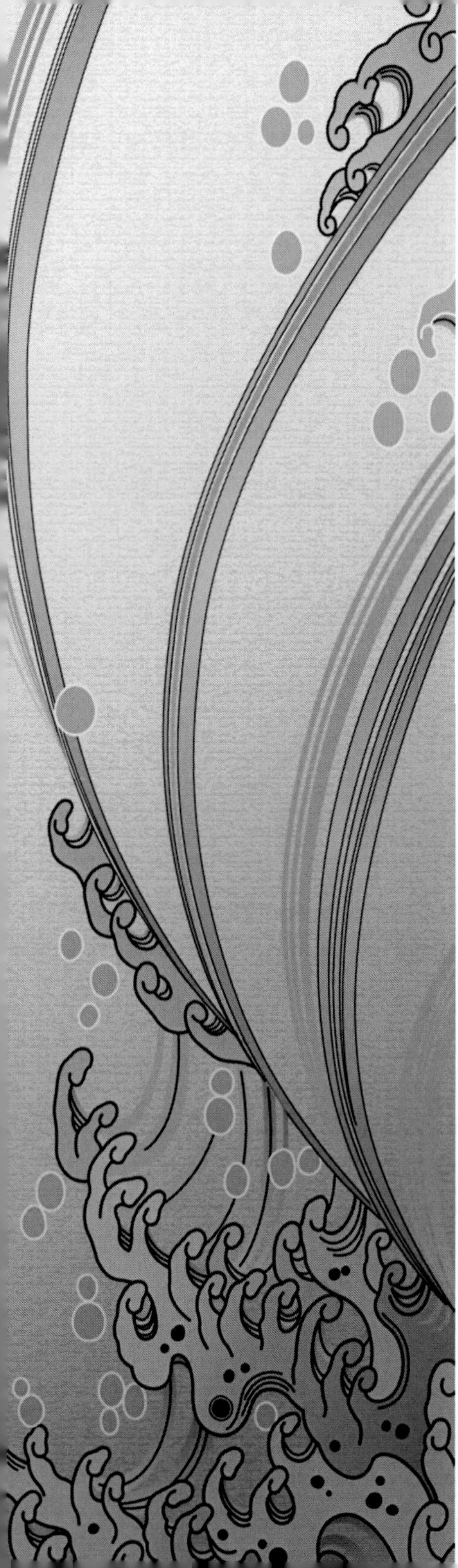

時間無法洗刷去、愛情無言的穿梭

失落的季節

白雲藍天與森森冷風中
比現實更動人的夢
在眾聲喧嘩的巷弄　梭尋
彼此散落的回憶
紙邊的悲傷墜落成
始終沒有痊癒的傷口

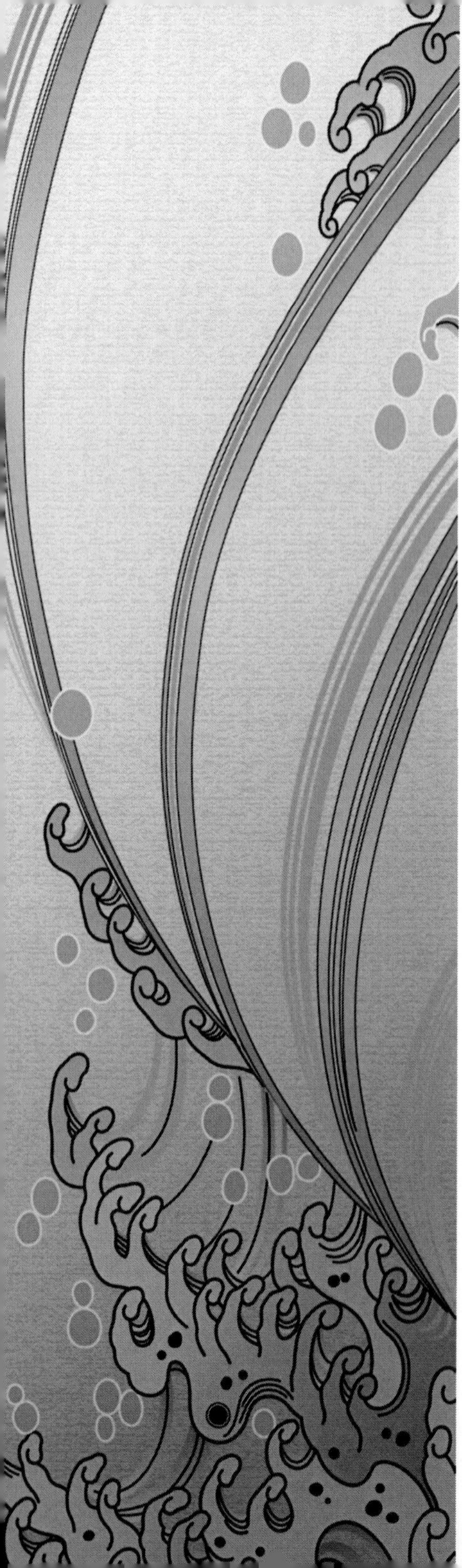

回憶裡的寂寞走過多少旅途

演出

春天躲在宇宙荊棘的冒險裡
癒合不了的傷痛正在構築一場
幻想就能毀滅的能量
午夜的街燈，選擇已無眞假的深巷
失衡的命運，仰賴每一個哀傷的駐足

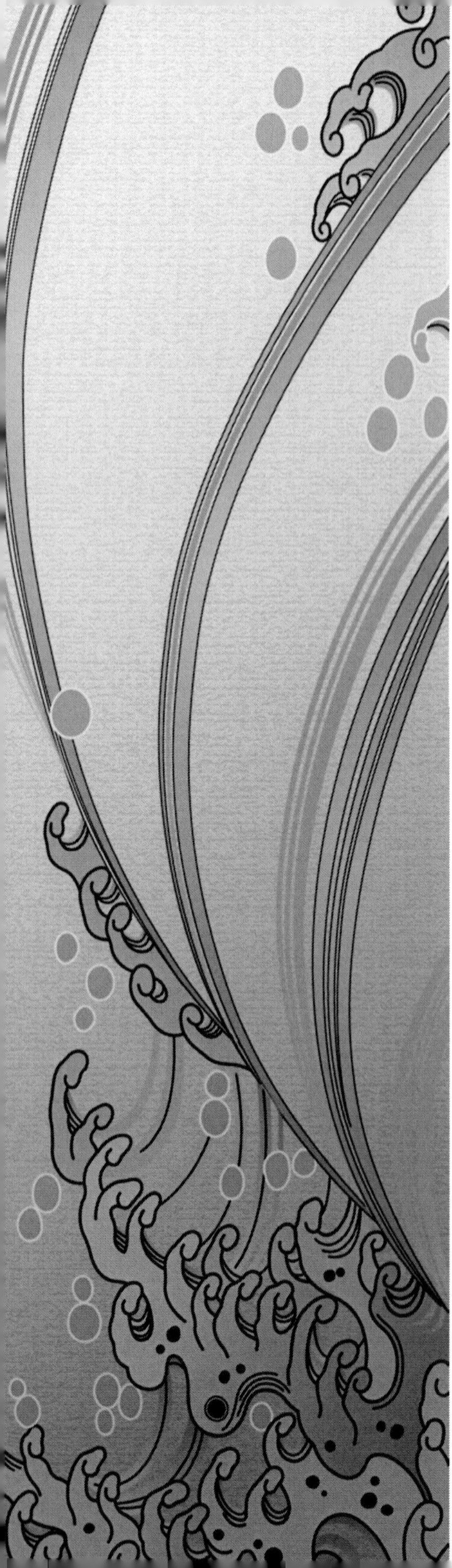

我們所追求的冒險、流失在命定的飄渺裡

尋索

夜走過險峻的隘口
重重帷幕，追尋著
沒有星星玩遊的黑暗
點點淚痕，退向渺渺的情感
在文字奔騰的情節裡
每一聲嘆息輕輕串起
昔日無法淘淘訴說的心事

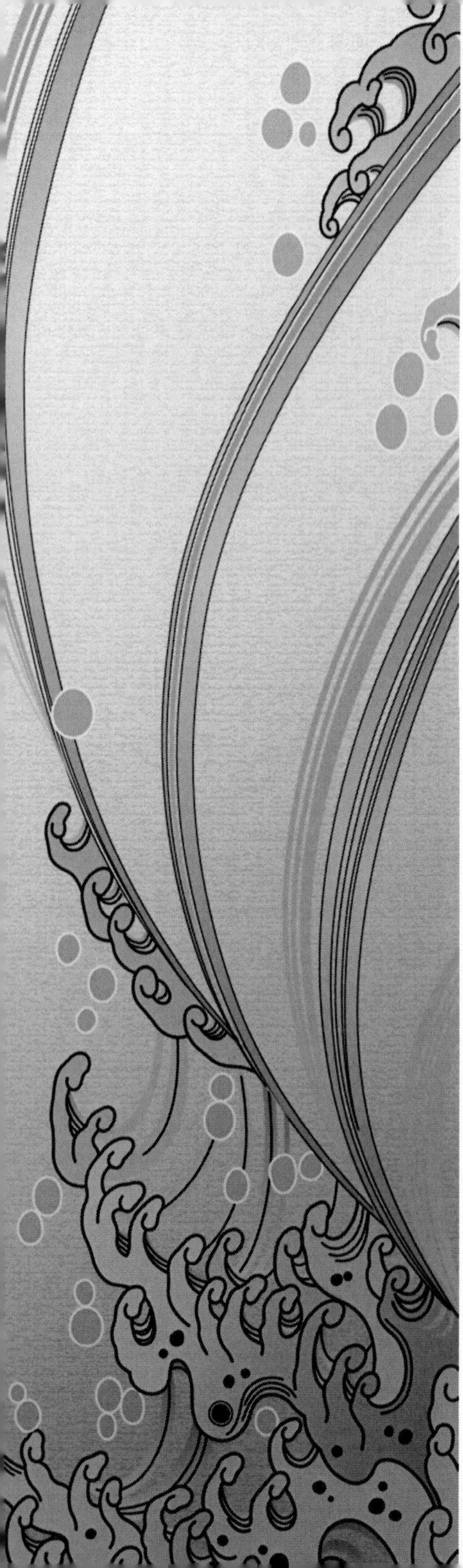

翻閱無限期待的一幕幕、最熟悉的印記是、你我交會的那一幕

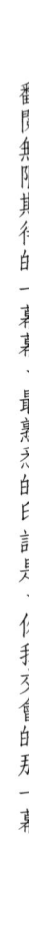

隱者

往事淅淅滴落在烱爍的塵燭
我們的疆域在命定的軌跡
編織著沒有身世的背景
不曾接近的距離，延伸與夢的旋律
想念的足音留下，斷簡殘篇的悽惶

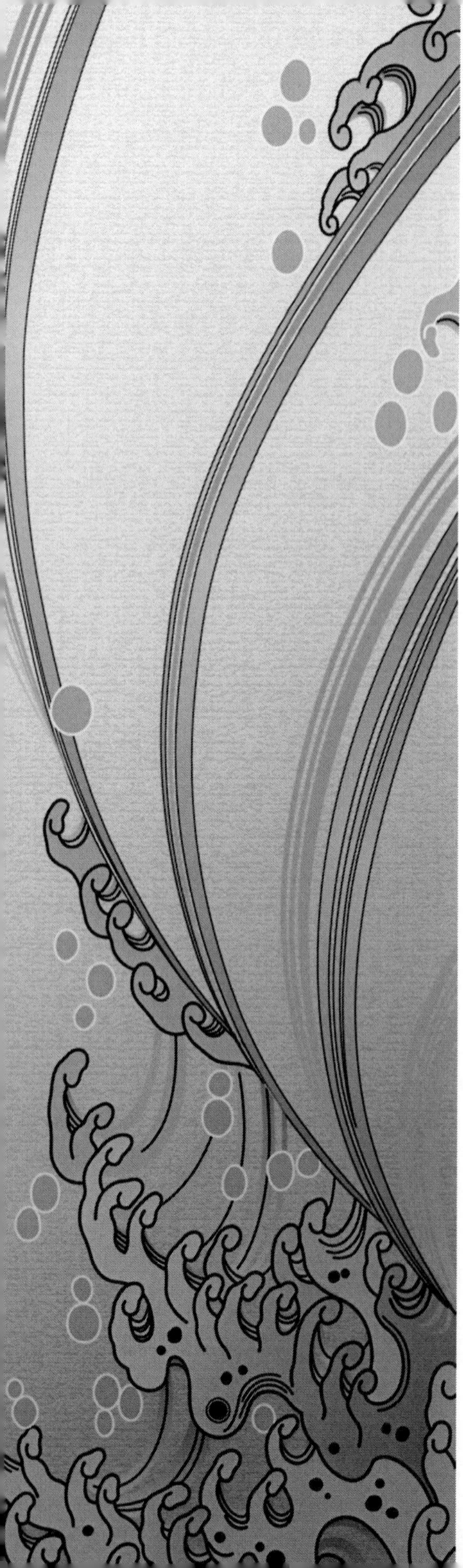

浪跡天涯的流浪、造就我們相遇的重要原因

遊子

月是長相廝守的良人
疾行的鄉愁流盡滿腔的苦痛
管不住的思念
波動著無神諭的愛情

飛翔、對你我而言在互不相識的空間裡、各自的流浪

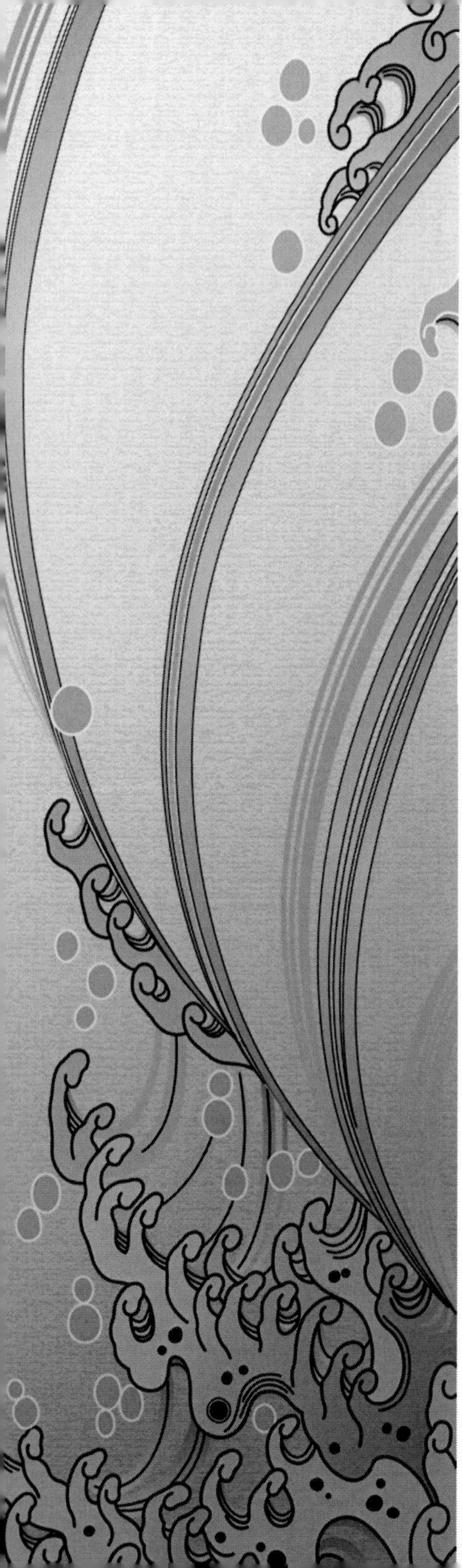

無聲的流言

晚來的露水，紛紛滑落暈黃的章節
心痛的淚意沖刷去，無依無助的相距
奈何不了的傷口，在相惜的星空
密密圖繪著，朝朝與暮暮

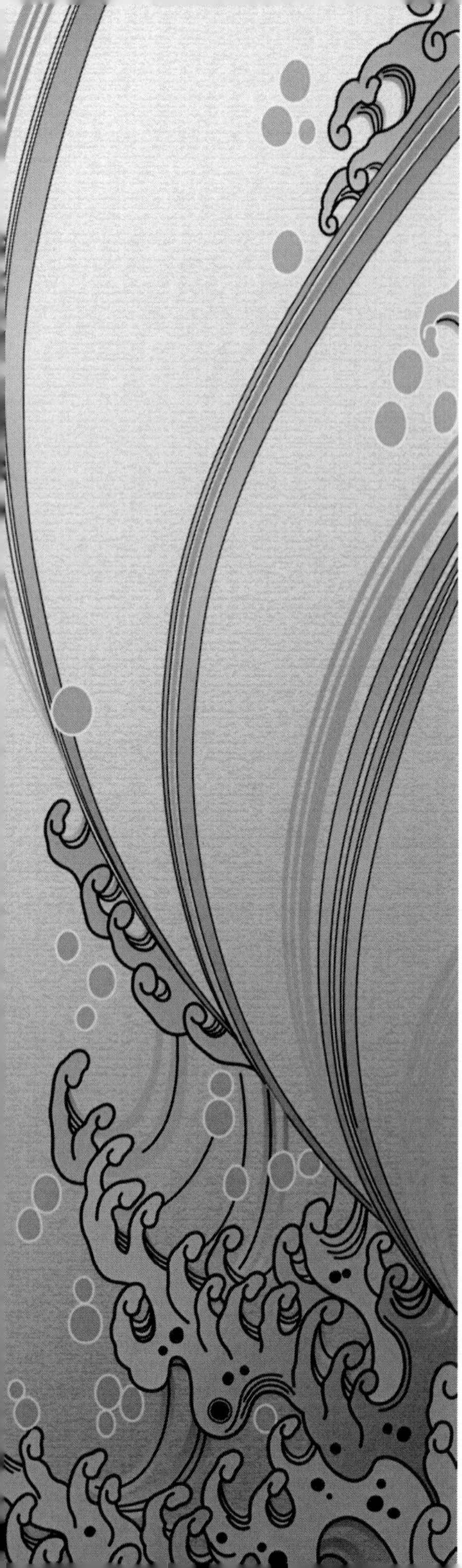

光鮮亮麗的畫面當作收藏、擔負不起的一筆寫入不曾停格的日與夜

承受

時空的迴廊研讀著
生命無法撿拾的承受
感傷的秋寒，深深陷入無月的夜空
直到迷遊的諾言，輕輕叩響心的門窗

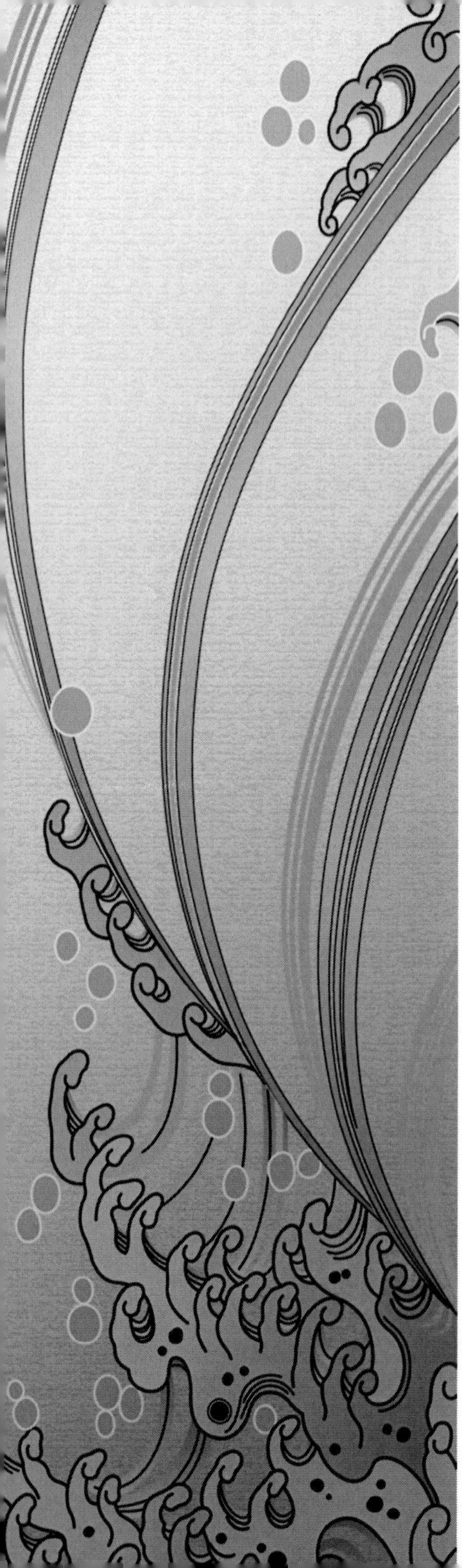

旅程中的尋尋覓覓是早已被註定的、在不明的方向夜幕已落下、
微乎其微的力量、不斷翻動著回憶的浪花

情鎖

夜載不住，生與死的沈重
回憶幻化成離別的行囊
潛藏甜蜜的情鎖
遺落在，無言的傷口

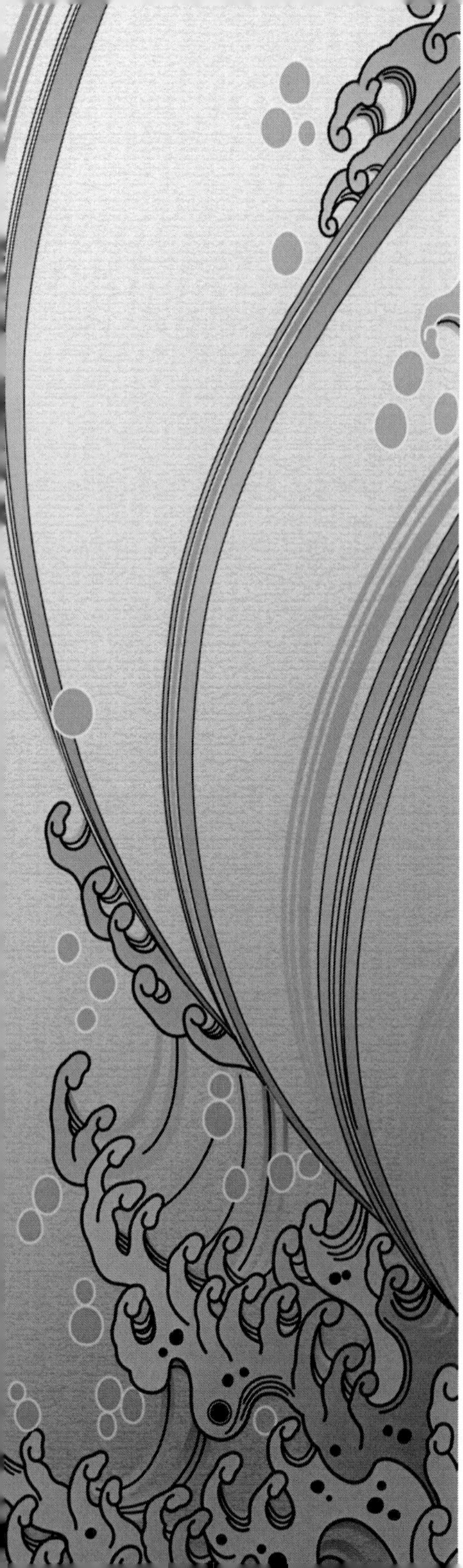

真心要暖到心裡頭、卻要路過遙遠的路徑

情、思

我一生的淚
墜落於千年不化的情感
深放於你掌心的牽絆
也不夠用一生的思念來等待

片片飄落的回憶，在未知的另一個空間、試圖尋找夢的羽翼

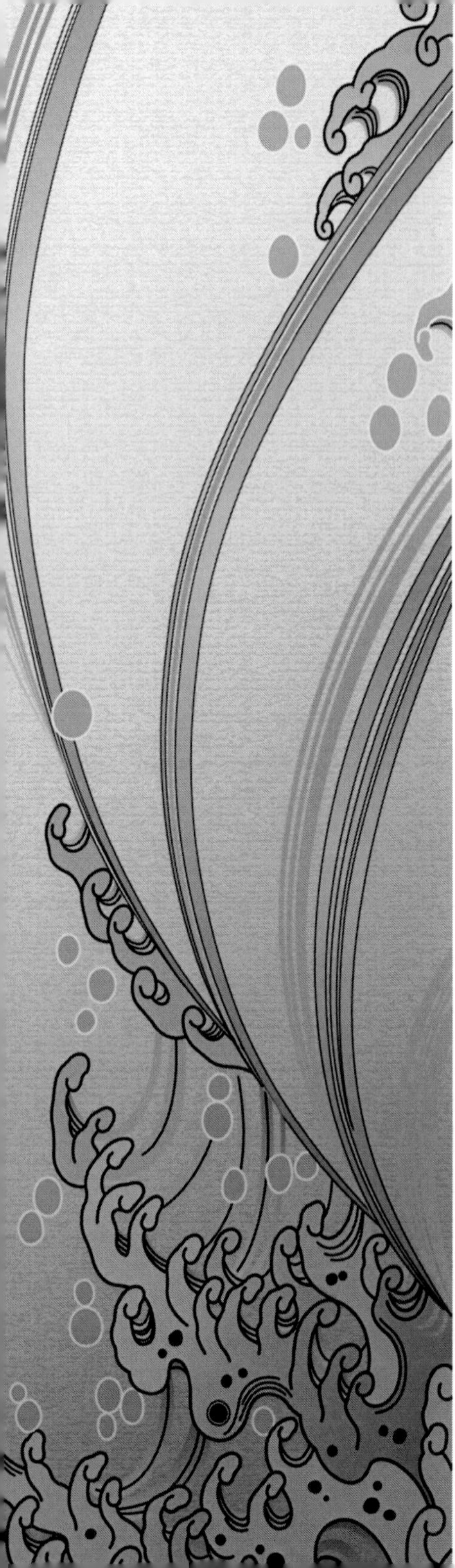

見證

每一筆觸流過多少沖不淡的想念
來自最初的幻滅裡
每一條軌跡是
我不經意留下的淚

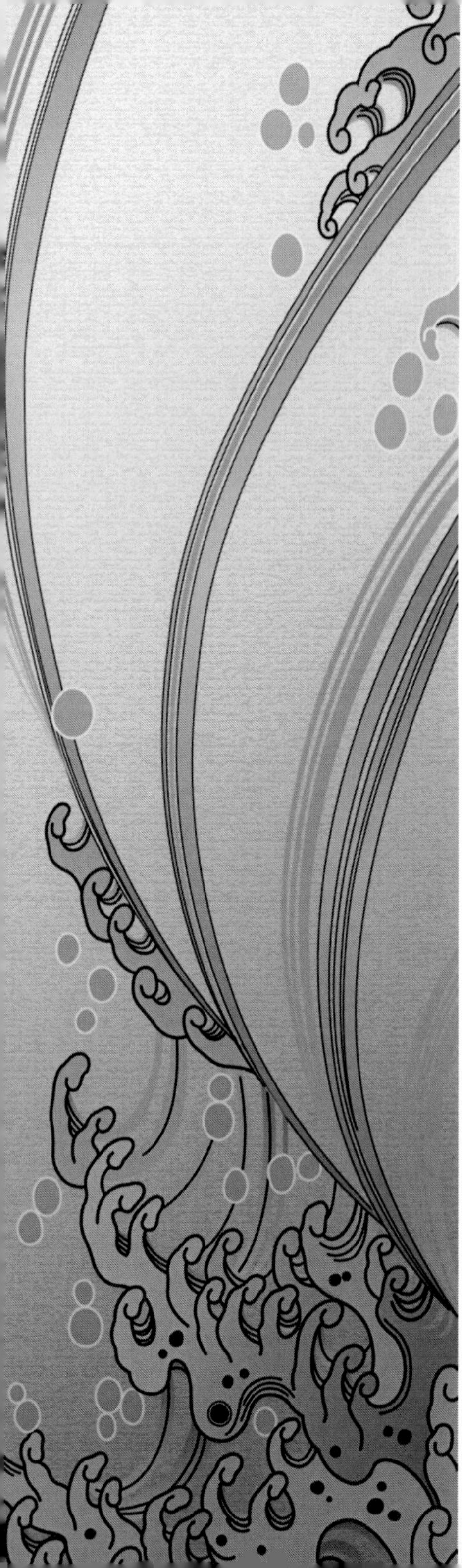

用最真的感恩來回報、那份最初的情感、或許人生無法預期的收穫

花的世界

每一片葉瓣深織著
永到不了的燦爛幸福時光
太短的相聚帶來過長的思念
前世與今世間的繫念
重覆輪迴著
生命未完成的歷經

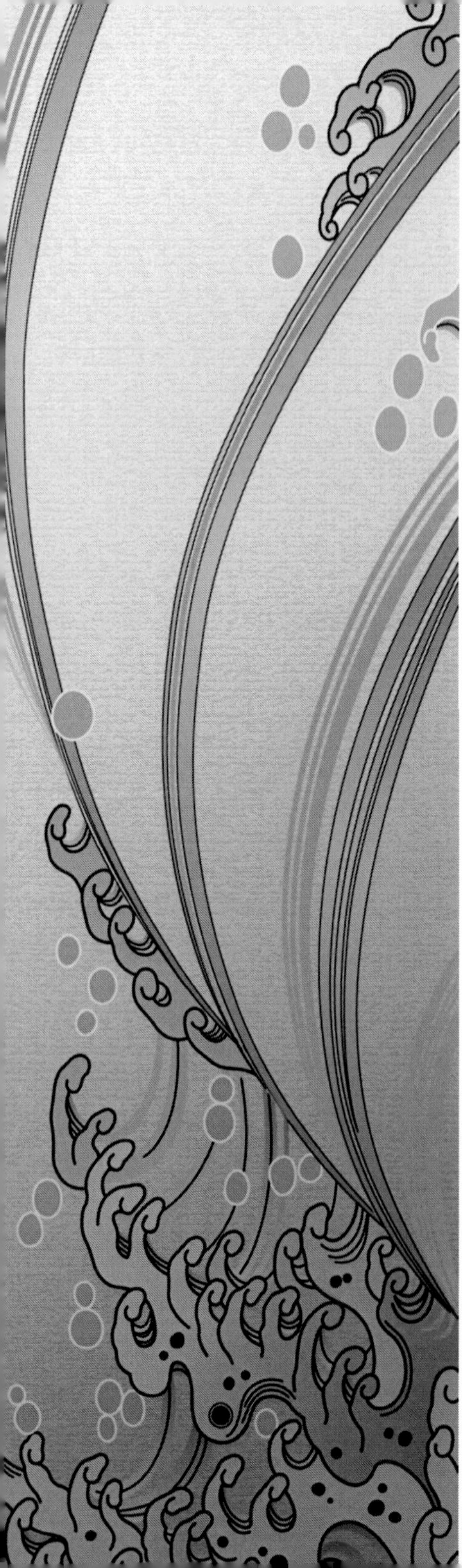

雪白的夢歇歇腳、讓冰封的情速寫、淚渺渺的一生

唯一

霧茫茫的愛情在文字裡流動
四處等待歲月的風景裡
最美的倒影
執著印證一生的唯一

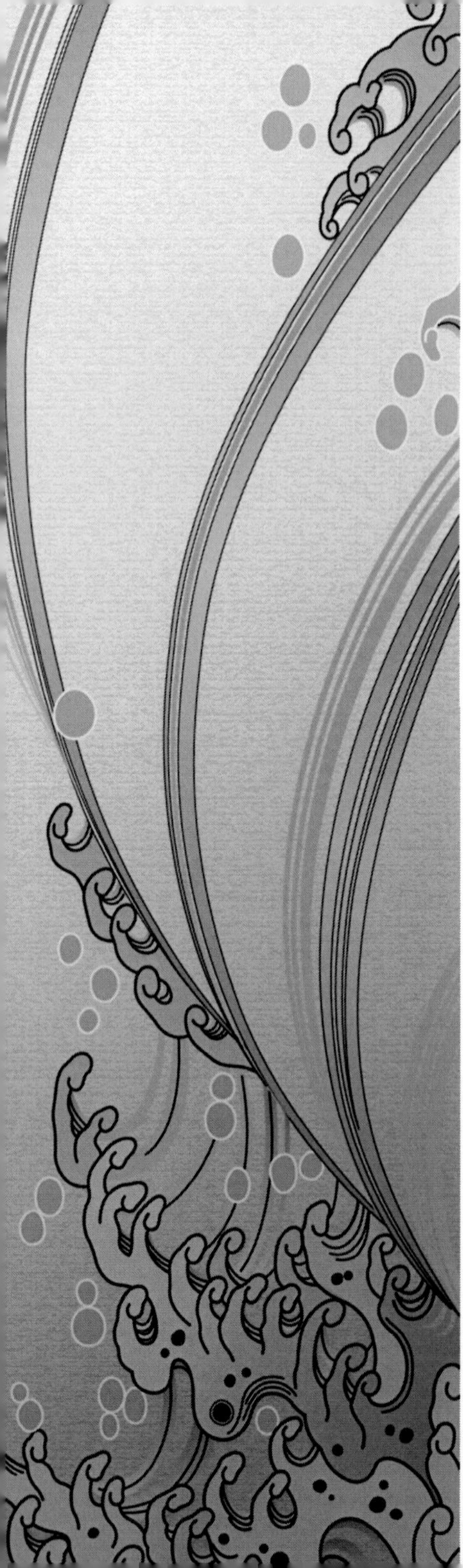

等待是永不止盡的奔馳、燃不起的希望開始倒數告別

情結

疲累的依傍
習慣了這場戰局
翻湧的浪花，堆積著痛苦的思緒
黃昏拉近了兩個遙遠的距離
半溫的熱誠，燃燼未完的迷

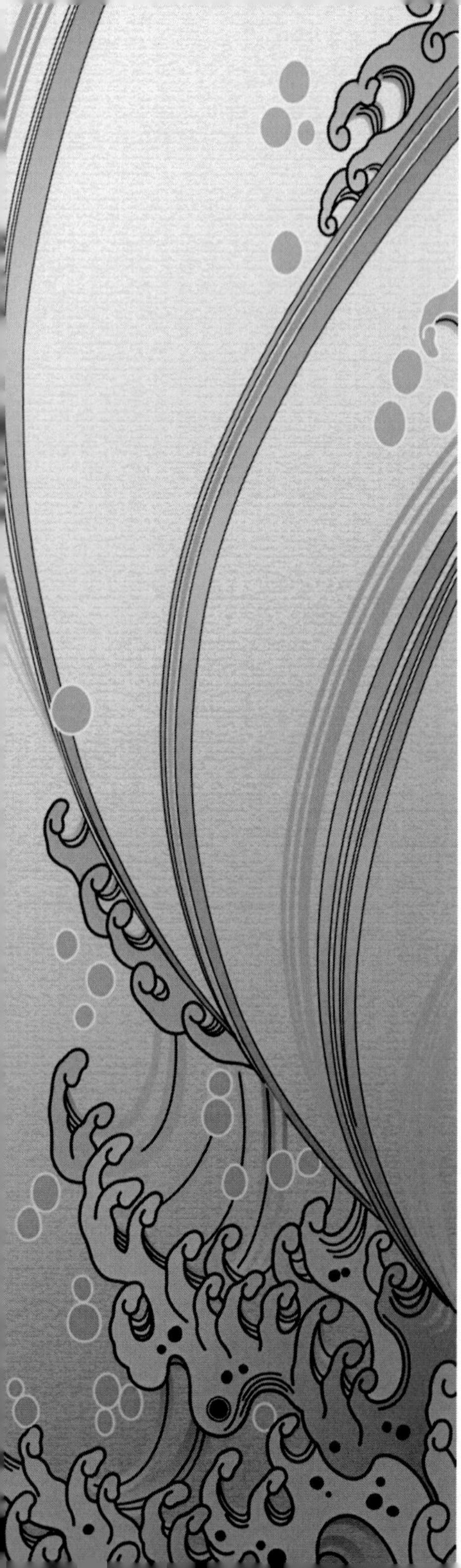

太陽燃燒過的昏暗、總歸是個不可見的遠方、
每一幕未曾上演的無常、早已劃下已定的命運

宿命

流動多變的四季是花蝴蝶唯一的嫁裳
所有的慾望在潦草的情節裡遲滯
沒有人懂得失眠的葉瓣難言的心事

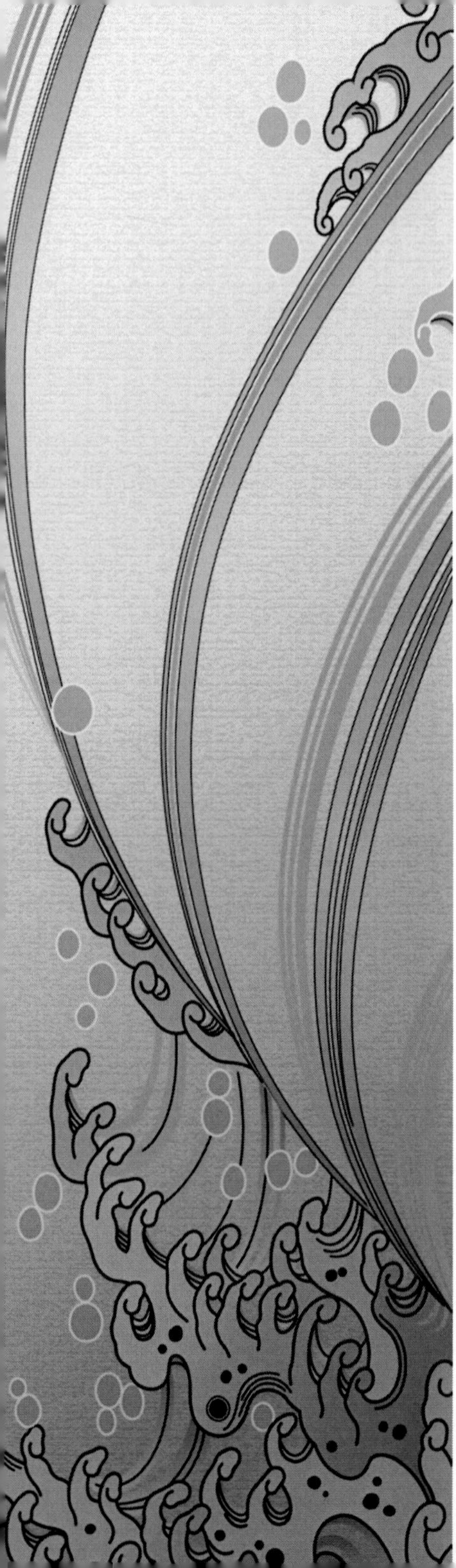

我們只是盡其所能的表現舞台上的每一種角色、
多少歲月、就有多少帶淚的易碎和易傷的故事

密語

放不下的，隨風逐浪
斑黃的痕上
用詩籤烙下
生命各自飛翔的不忍與含恨

【卷二】

繽紛的序幕

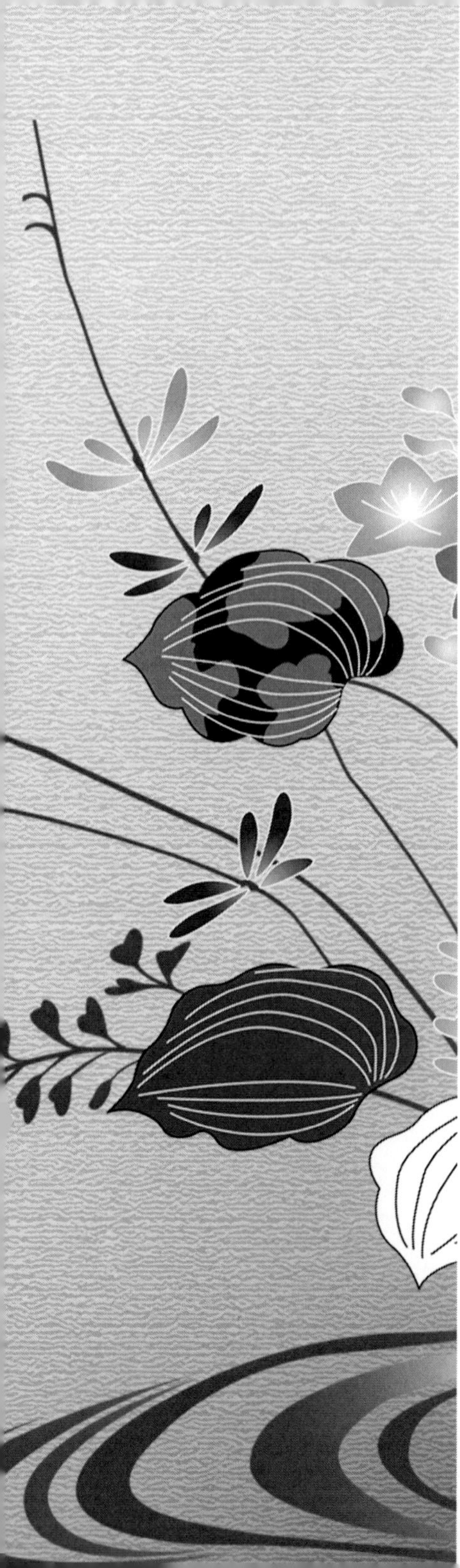

關於魅麗的往事、關於命運的情節、只是失去章法的記憶

繽紛的序幕

雲花落在早降的晨曦
盈盈的光芒，分解風的速度
掉落的黃葉，不離不棄進行著輪迴的儀式
所有的色澤，掠奪情緒的光譜
愛與恨手足失措地生存著有限的美
淚雨痛設下的誓約漸漸飛向
永不墜落的緣起與緣滅

我只是你輾轉幾世仍無法約定的碎蝶

春

春天在冷冽的風聲中艱苦旋轉
模糊的前塵
無法撼動時間而流下破碎的淚滴
心碑上的一排排夢境
獻出，負傷的故事

錯置的夢輪迴的身世再也無法輕輕靠岸

夏

芒草露出美麗的碧綠
西邊落下的太陽
帶來無聲無息的綺麗
擱淺在記憶底的流浪心
追尋著
千百年的等候

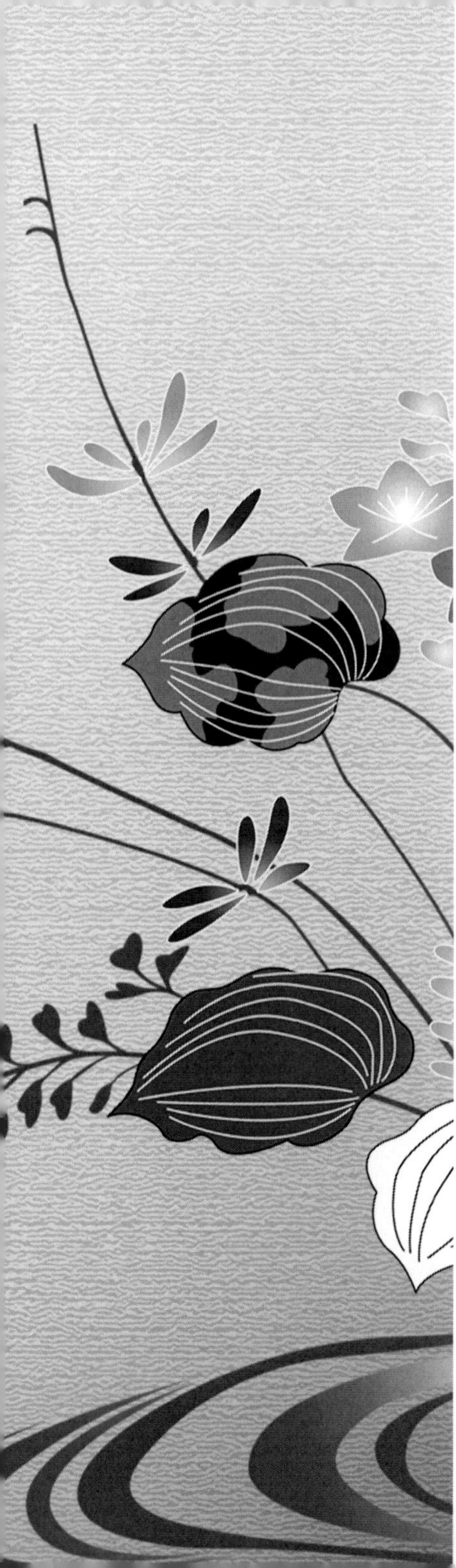

迷濛的風景似乎帶著心痛、失落的黃昏、已然透露不忍捨棄的感受

秋

風輕輕推醒
東昇的旭陽
落單的楓葉
把秋到的訊息
暖暖地傳開來

我們的未來、寸寸交錯著無限的思念

冬

冷冷的風飄起蜜蜜的雪
匆匆佔據打開的心房
不得奔放的萍水相逢
迅速冰結在短暫而美麗的
不堪一擊

故事回到了原來的地方、雨季也無法干預、
狂舞的淚載不下太多心和心的對話

雨季的祝福

雨滴墜落在早退的海水
時間鈕開了絕美的雲朵
一顆顆逐漸年邁往事拼湊成的淚
毫無預警地深情落下

輕輕的風撥不開霧裡的迷雲、棲止的心祭出、走失的夢

迷

快樂與疼痛吹起憂鬱的風
天使搭上最後一班列車
去愛他所愛
未來的種種
就交給遠去的夢境

無人能看透生命的另一個窗口、聽命歸航的心深受陣陣襲來的輪迴

幕

任心墜入奉獻與救贖的河流
至死不渝的誓言燃燒著，異想的世界
有些凋殘的祝福
不再傳遞任何風語
不爲人知的相依相存
暢談著，深愛的感覺

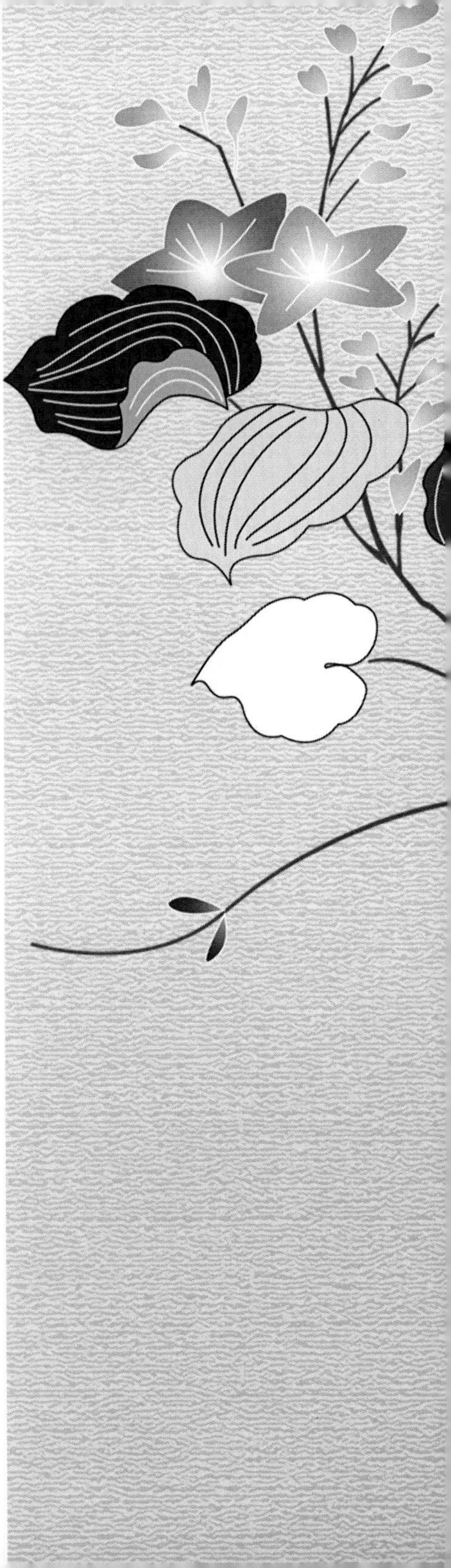

模糊的記憶比一生還綿長，背上的行囊釋出最後的希望

重生

春風吹落美麗的願望
倉促放牧的風箏
在記憶的餘香中
撐住全部的滄桑
始終謙卑的果實
等待最後的夢
淚裡的傷奔流著
相交的心

一瓣瓣漂落的花唱著恆久不變的情懷

彩虹

當思念獻出你不滅的溫柔
拗不過我快樂與滿足的期待
拉近你欲走還留的距離
我擁有世上錯綜的嬌媚
只爲你瞬間的美麗

雨過天晴的天空、為任何流失的歲月、尋找安歇的歸處

魔法師

低沈的夜幕
向天空揮灑一座七彩的橋
因愛而結合的大海與浪花
向年輕的夢境深情飛舞

來生的嚮往倚著風旋轉、臉上的淚習慣了、一回又一回的離別

夢中客

天空和海水
染成了飛揚的春天
緣份先行進駐了色彩輪替的三月裡
永恆便是你陪的走過的每一段路
淺淺的記憶
與時間和空間擦撞出
七彩的夢

【卷三】

無傷

季節裡沒有我們、無法推斷出語意太深的不期而遇

記取

還給未來生命中一些些的空格
讓我們學會扮演最眞實的角色
不問清夢境中過站不停的劇情
而惶恐的誓言碎片將漸漸自行隱退

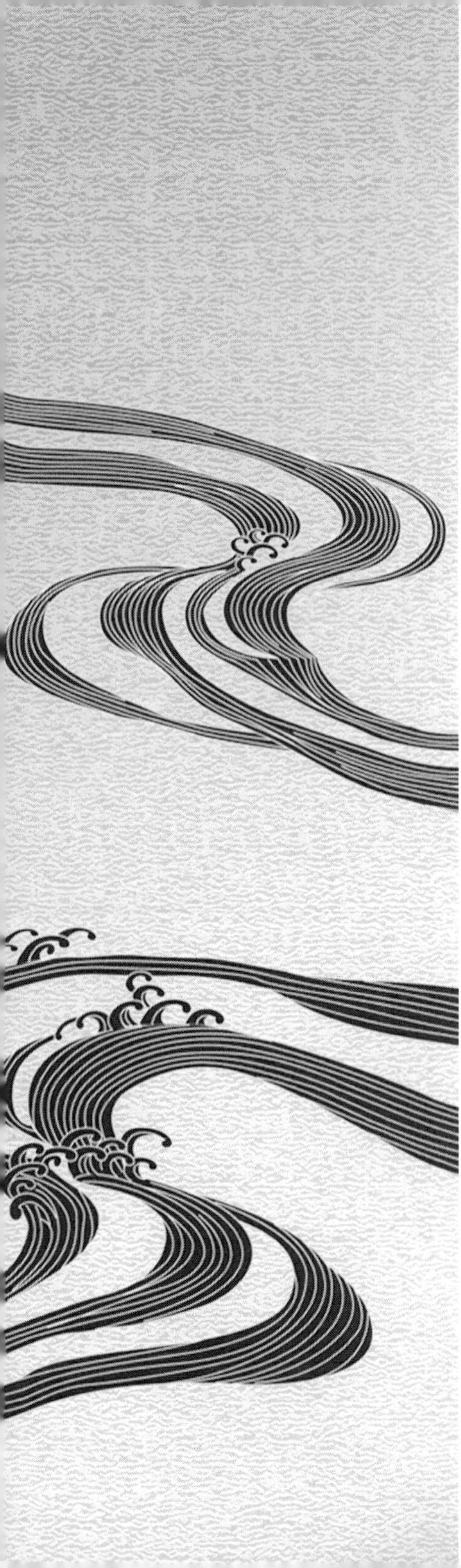

苦澀的相思瀰漫著生死的惦記

包袱

影子跌落風雨割痛的寂寥
漂流的言宣救贖
現世或來世的宿命
多情的淚怎也冷卻不了
從不曾為我們停留的情焰

情感外的景無法照映出血一般的色澤

67・遊子情

晚霞

宣告黑暗降臨前的滄桑
不必感傷於
日與夜始終無法相遇的命運

在你全心掌握的片刻裡、我失速地奔跑、
未曾空白的思念能否繫住感動的祝禱

悲歌

星星都消失了
最後一次焚過的祝禱
執意扔去眞操的夢想

沾滿藍色的海水流連在黃昏裡、
潮起潮落的生命隨筆、落不盡的葉、也一起夢進

流浪
夢想如海一般廣闊
每一片沙灘留下
夢走過的腳印

失散的記憶和漫長的夜幕有著相同的等待

霜

行是一種
堅持的隱退
完美的傳遞
也奈何不了一生
流浪的命運

星星一再亮起來、漸漸失去的是你我的表情

已逝、已遠

記憶遺留在時間蜿蜒的異途
兩個彼端卻是荒涼已久的時差
我們在尋找久到的世界
傾軋的思緒，或許能辨認出
我們應有的夢境

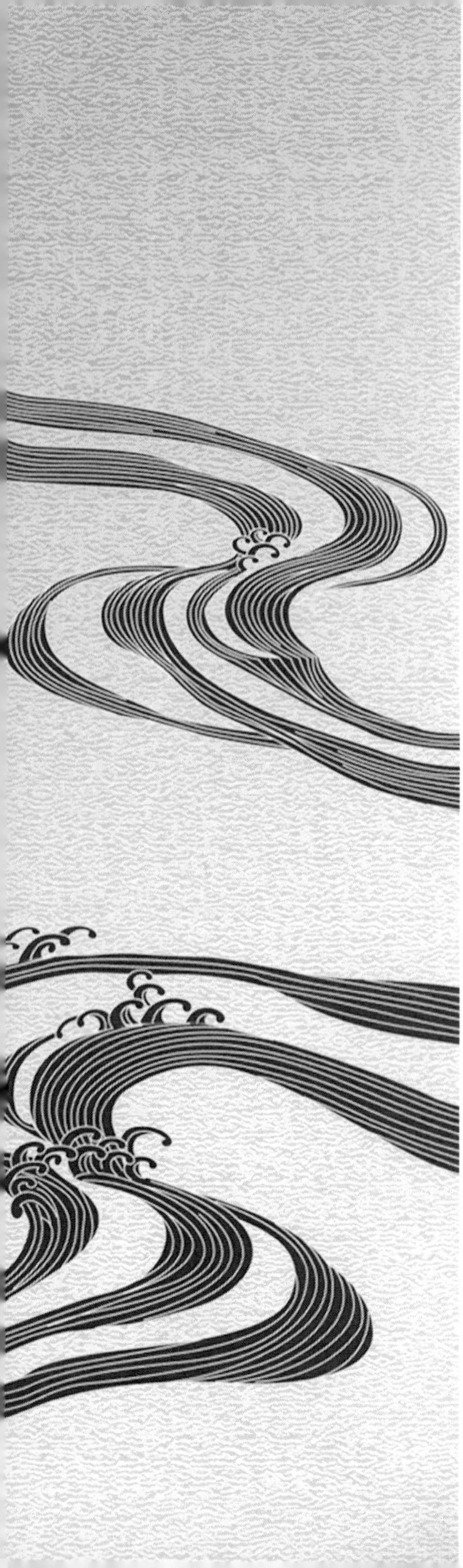

這一路的風忽幽忽明、就算在不變的軌跡裡、延續和凋萎終究要分離

在旅途中

夢的長廊，形成了不能癒合的傷痛
一幕幕從前，演變成無法波動的音符
相思在迂迴的曲折中
一路高唱你不願翻開的每一頁

如灰的夢橫載著清晰的傷口、
任光影輕輕打落的遺忘再也沒有勇氣痛恨放空的心

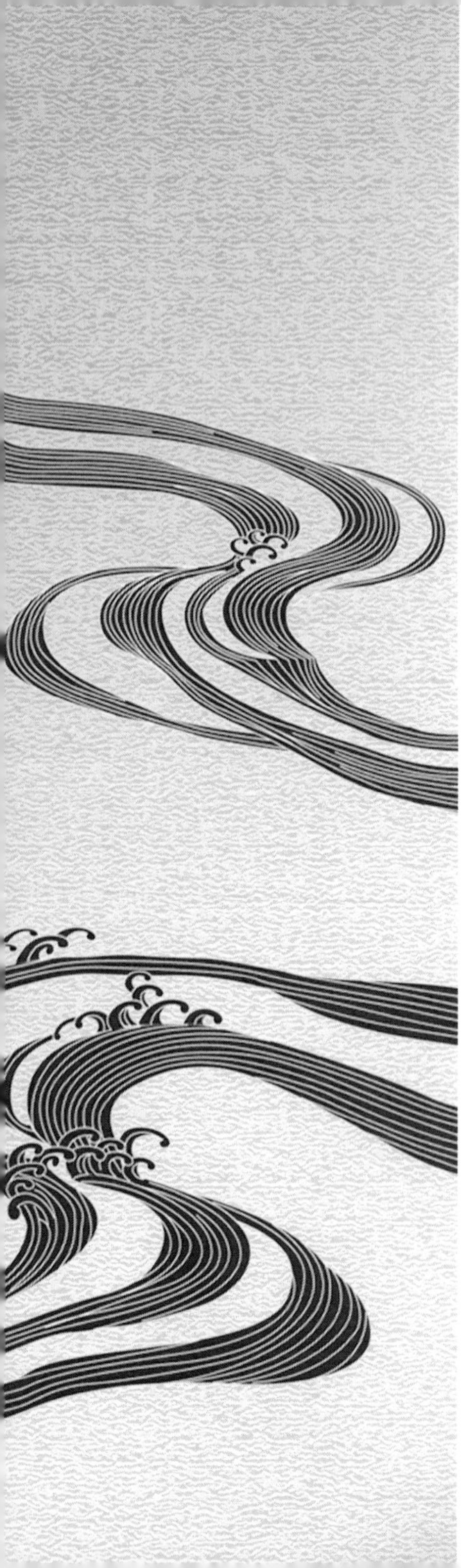

殘局

絢麗的落日
無法拭乾你今生的淚
融化在字海裡的故事
努力展示著
弱不禁風的告白

讓心留一段空白、風歸的時候褪去、藏了許久的謊言

人生圖騰

死和生是永遠讀不出的字體
感知世界卻不停翻湧著
渺渺無盡的莊嚴與慈悲

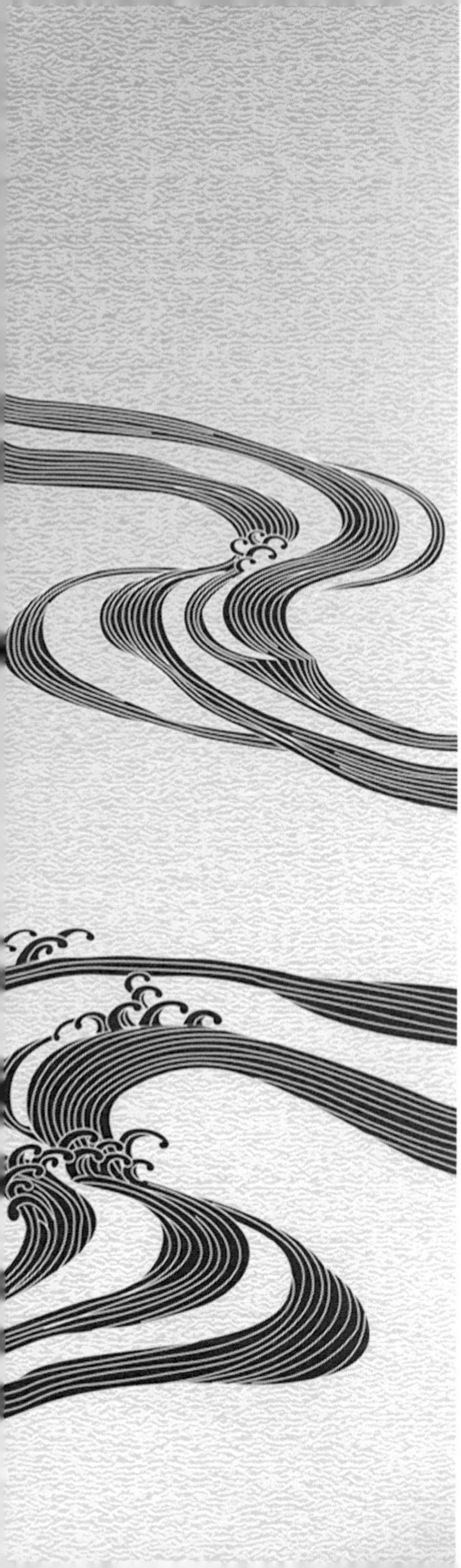

眼淚無法抵擋、你無語的黯然、震懾的心跳是這場競技的難題

空茫

永恆的定義
急促掩埋了愛的步伐
風鉫下盤旋已久的覺悟
那冗長的思念
在未來的夢幻裡
已載浮載沉

有色彩的淚沒有悲傷的權利

心痕

所有的苦痛
在斑斕的時間中
縱身躍入碎裂的薄暮
淚，輕輕喘息爲悲壯的心痕

尋夢的楓落下一片片不再滋長的年輪、
擱淺在淚痕裡的情懷、不再記得我們今生的歸程

87・遊子情

無傷

黑夜的風飄完一首無聲的雪
淚雨掀動一場好夢
愛情在時光的縫隙中歇息
生與死是探測不到的悲悽
初春的花
落下一片片帶不動的思念

夜收容了無處駐足的心、將最後的許諾、在我們深深的夢裡歸零

情場

一場流浪，無限漫漫
星子輕輕撒下，不拾的牽掛
微冷已成狂冷
遙遠的眺望
消失在歸程中

相遇是幸福的連繫、美麗的諾言是這趟驚險的終點

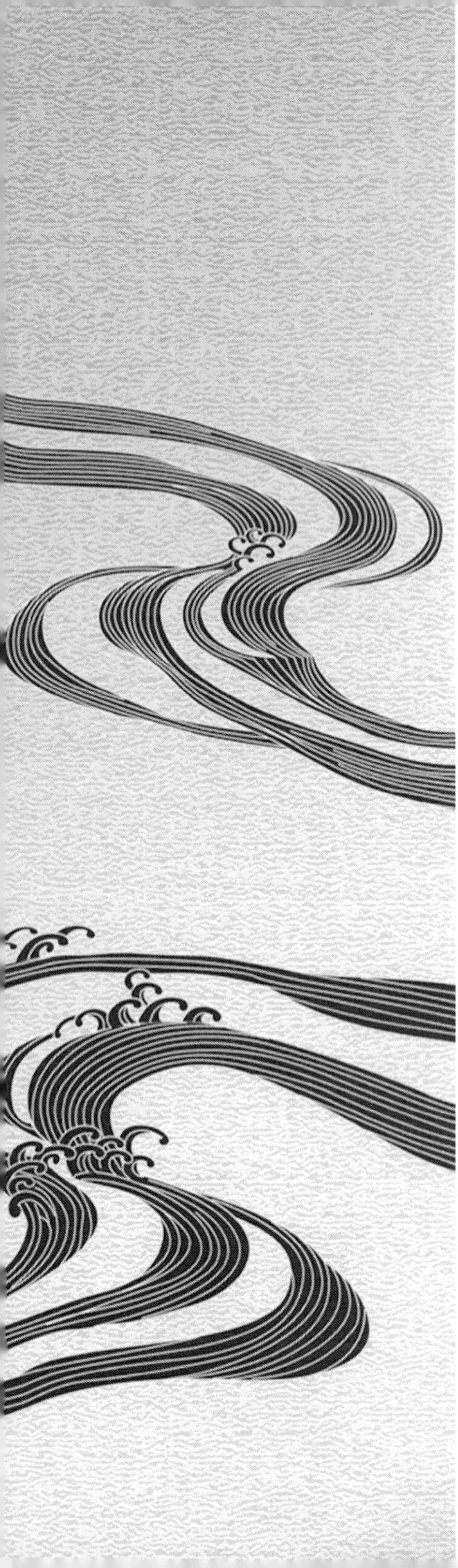

流光歲月

每一道光芒隨夜幕落下
思念藏不住太多的傷
背著滄桑的銀白雪地
已無人行徑
永恆潛入你的夢鄉
三行詩句也帶不走
不甘的困惑

後 記

拎著一皮箱
細碎的字字片語
夢想在我心上
文字是我神秘的嫁裳
殘存的記憶　越過我一路的行跡
儘管對每一個驛站而言　我只是個過客
我不肖不屈的思潮　甘心在詩的國度裡迷霧
若這是已定的道途　我不再與宿命對抗

陳綺　(2008)

國家圖書館出版品預行編目

遊子情 / 陳綺著. -- 一版. -- 臺北市：秀威
資訊科技, 2008.10
面；　公分. --（語言文學類；PG0203）
BOD版
ISBN 978-986-221-077-2（平裝）

851.486　　97017626

BOD Books on Demand　語言文學類　PG0203

遊子情

作　　者 / 陳　綺
發 行 人 / 宋政坤
執行編輯 / 魏良珍
圖文排版 / 黃貞蓉　鄭維心
封面設計 / 黃貞蓉　蔣緒慧
數位轉譯 / 徐真玉　沈裕閔
圖書銷售 / 林怡君
法律顧問 / 毛國樑　律師
出版印製 / 秀威資訊科技股份有限公司
台北市內湖區瑞光路583巷25號1樓
電話：02-2657-9211　傳真：02-2657-9106
E-mail：service@showwe.com.tw
經 銷 商 / 紅螞蟻圖書有限公司
台北市內湖區舊宗路二段121巷28、32號4樓
電話：02-2795-3656　傳真：02-2795-4100
http://www.e-redant.com

2008 年 10 月　BOD 一版
定價：120 元

・請尊重著作權・
Copyright©2008 by Showwe Information Co.,Ltd.

讀　者　回　函　卡

感謝您購買本書，為提升服務品質，煩請填寫以下問卷，收到您的寶貴意見後，我們會仔細收藏記錄並回贈紀念品，謝謝！

1.您購買的書名：______________________

2.您從何得知本書的消息？

□網路書店　□部落格　□資料庫搜尋　□書訊　□電子報　□書店

□平面媒體　□ 朋友推薦　□網站推薦　□其他________

3.您對本書的評價：(請填代號　1.非常滿意 2.滿意 3.尚可 4.再改進)

封面設計____　版面編排____　內容____　文/譯筆____　價格____

4.讀完書後您覺得：

□很有收獲　□有收獲　□收獲不多　□沒收獲

5.您會推薦本書給朋友嗎？

□會　□不會，為什麼？______________________________

6.其他寶貴的意見：______________________________

____

____

____

讀者基本資料

姓名：________________　年齡：_____　性別：□女　□男

聯絡電話：______________　E-mail：________________

地址：____

學歷：□高中(含)以下　□高中　□專科學校　□大學

□研究所(含)以上　□其他____________

職業：□製造業　□金融業　□資訊業　□軍警　□傳播業　□自由業

□服務業　□公務員　□教職　□學生　□其他________

請貼
郵票

To：114

台北市內湖區瑞光路 583 巷 25 號 1 樓

秀威資訊科技股份有限公司　　收

寄件人姓名：

寄件人地址：□□□

(請沿線對摺寄回,謝謝!)

秀威與 BOD

BOD（Books On Demand）是數位出版的大趨勢，秀威資訊率先運用 POD 數位印刷設備來生產書籍，並提供作者全程數位出版服務，致使書籍產銷零庫存，知識傳承不絕版，目前已開闢以下書系：

一、BOD 學術著作—專業論述的閱讀延伸
二、BOD 個人著作—分享生命的心路歷程
三、BOD 旅遊著作—個人深度旅遊文學創作
四、BOD 大陸學者—大陸專業學者學術出版
五、POD 獨家經銷—數位產製的代發行書籍

BOD 秀威網路書店：www.showwe.com.tw
政府出版品網路書店：www.*gov*books.com.tw

永不絕版的故事・自己寫・永不休止的音符・自己唱